Du même auteur à l'école des loisirs :
Mademoiselle Tout-à-l'envers, Le chien qui voulait être chat,
Le Père Noël et les fourmis, L'Afrique de Zigomar, Pipioli le terreur,
Plouf !, L'ogrionne, Biplan le rabat-joie,
Zigomar n'aime pas les légumes, Le roi et le roi, Patatras !,
L'ogre, le loup, la petite fille et le gâteau,
Papa !, Papa, maman, ma sœur et moi,
Mademoiselle Sauve-qui-peut,
Les deux goinfres.

Loi numéro 49 956 du 16 juillet 1949 sur les publications
destinées à la jeunesse : avril 1998
Dépôt légal : décembre 2000
Imprimé en France par Mame Imprimeurs à Tours

Philippe Corentin

Tête à claques

l'école des loisirs

11, rue de Sèvres, Paris 6e

C’est trois loups qui font un pique-nique. Il fait beau, c’est sympa et pourtant il y en a un, toujours le même, qui grogne. C’est le plus petit. Il n’a pas un an mais, jamais content, toujours ronchon, il rouspète pour tout et pour rien. Le plus souvent sans raison.

N'empêche que là, il a un petit peu raison le ronchon : il n'y a pas de dessert.
– Pourquoi, maman, n'y a-t-il pas de dessert ? ronchonne-t-il. Hein ?… dis ? Bon !… Bon, si c'est comme ça, moi j'y vais m'en chercher un de dessert et pour moi tout seul et vous n'en aurez pas et voilà tout…

« Tête à claques », car c'est son nom au louveteau ronchon, n'attend pas longtemps son dessert : un cochonnet, couleur fraise écrasée, s'avance sur le chemin.

– Halte-là, le cochonnet ! Le loup va te manger !

– Arrête tes clowneries ! lui dit le père cochon.
– Ben quoi ? pleurniche « Tête à claques » qui vient de s'en prendre une.

– Tiens, tu ne veux pas plutôt faire le baby-sitter ? lui propose le père cochon. Il faut garder des lapereaux dont les parents sont sortis. Vas-y à ma place. C'est facile : tu leur racontes des histoires, tu joues avec… et même tu peux les manger si tu veux… C'est bon le lapin.

Et voilà « Tête à claques » chez les lapins.
– Tu vas te régaler… Mais n'en mange pas trop, lui fait le gros cochon qui l'a accompagné jusqu'à l'entrée du terrier.

Et voilà les lapins… Il y en a trois. Par lequel le louveteau va-t-il commencer son dessert ? Le rose bonbon, le vert pomme ou le jaune citron ? Ils sont tous les trois mignons à croquer.

– Bon, c'est pas tout ça les lapins, on rigole bien mais si on jouait plutôt au loup ? décide le nouveau baby-sitter. Vous connaissez ?… Je serais le loup, je vous ferais peur, vous vous enfuiriez tellement vous auriez peur, je vous rattraperais et je vous mangerais…

– Bon alors ?… Allez… on joue ! ronchonne le louveteau qui aimerait bien manger son dessert.
– Tiens, tu n’as pas faim ? C’est de la tarte aux carottes, lui propose le lapin rose.

– Allez, je fais le loup… hou hou hou… fait « Tête à claques ».
– Non, mais, c'est quoi ce que tu nous fais là ?… C'est nul ! Tu n'y as jamais joué ou quoi ? s'étonne le lapin jaune. Si tu crois que c'est comme ça que tu vas nous faire peur… On va te montrer comment ça se joue…

– Ouahaou…

– Ouahohaouhou… je suis le plus cruel des loups…
– Maman ! Maman ! crient les pauvres lapins, le loup veut nous manger !

– Pitié ! Pitié ! Monsieur le loup… ne nous mangez pas !

– Bon, tu as compris ? Ce n'est pas compliqué… À toi de faire le loup…
– Non, moi j'arrête, décide « Tête à claques », ça fait trop peur votre jeu et puis il faut que je rentre… je vais me faire attraper…
– Oh, non ! Essaie, tu vas voir c'est rigolo … Allez, joue, insistent les lapins.

– Bon, d'accord, consent « Tête à claques », mais vite alors… Hou hou hou !

– Papa ! Maman ! hurlent les lapins.

– Hop là ! Mais d'où vient-il celui-là ? s'étonne le père lapin qui rentre du marché.

– C’est le baby-sitter, c’est le baby-sitter ! s’écrient les lapereaux.
– Le baby-sitter ? Un loup ? … Mais on va le manger tout cru, dit le papa de sa grosse voix de lapin. On va se régaler…

Oh là là ! Ça tourne mal pour « Tête à claques ». Heureusement pour lui, ses copains sont là.

– Vite, vite ! Sauve-toi ! clapissent les lapereaux…

Ouf ! Sauvé ! Mais quelle histoire incroyable…
– Ah ! Te voilà ! Où étais-tu encore ? s'inquiète le père.
– Vous n'allez pas me croire mais j'ai failli être mangé par des lapins !
Même qu'ils voulaient me manger tout cru…

– Mais pourquoi on ne me croit jamais ? ronchonne « Tête à claques »…

– … et pourquoi il n'y a jamais de tarte aux carottes et pourquoi je n'ai pas de copains et puis pourquoi on ne joue jamais au loup et en plus j'ai même pas de livres pour lire hein dis papa pourquoi j'en aurais pas moi aussi un livre avec des images et tout et tout… ? C'est pas juste !